Memórias do Rex! Um nobre Cachorro Vira-lata

CIP-BRASIL. CATALOGAÇÃO NA PUBLICAÇÃO
SINDICATO NACIONAL DOS EDITORES DE LIVROS, RJ

L967m

Lucci, Sérgio Alabi, 1941-
Memórias de uma nobre cachorro vira-lata / Sérgio Alabi Lucci. - 1. ed. - São Paulo : Letras do Pensamento, 2022.
104 p. : il. ; 21 cm.

ISBN 9788562131493

1. Ficção brasileira. I. Título.

18-52873 CDD: 869.3
CDU: 82-3(81)

Meri Gleice Rodrigues de Souza - Bibliotecária CRB-7/6439

16/11/2022 21/11/2022

Sergio Alabi Lucci

Memórias do Rex! Um nobre Cachorro Vira-lata

1ª Edição – 2022 – São Paulo-SP

Letras do Pensamento

Projeto Gráfico e Diagramação
Rita Motta – www.editoratribo.blogspot.com

Capa
Aline Rivolta

Revisão
Profa. Taiane Mariele Schroder

Editor
Cláudio P. Freire

1ª Edição – 2022 – São Paulo-SP

Letrasdo Pensamento

LETRAS DO PENSAMENTO
Rua Eduardo Prado, 28, Casa 1 - Vila Bocaina
CEP 09310-500 - Mauá - SP.
Telefone: (11) 3107-6501 | (11) 9-9352-5354
Site: www.letrasdopensamento.com.br
E-mail: vendas@letrasdopensamento.com.br

Impressão no Brasil

Dedico este livro a três crianças maravilhosas, pelas quais tenho muito amor e carinho:

Gabriel Yuji Nagata Lucci
Guilherme Eiji Nagata Lucci
Giovanna Lucci Moreto

Que eles cresçam dentro dos princípios espirituais, morais e éticos.

Cresçam respeitando os animais e toda a Natureza que os rodeia.

Que tenham a liberdade de escolher os seus caminhos, mas sem perder as raízes familiares.

Agradecimento à Artista Plástica, Ilustradora e Designer Gráfico, Aline Rivolta pela criação artística da capa.

"Você possui animais?
Cuide deles"

(Eclesiástico 7;22).

Sumário

Prefácio

Vale a pena viver! Podemos acreditar no ser humano! Claro, nem tudo está perdido!

Numa época em que a consciência ambiental se desenvolve, tornando explícita a necessidade de preservar o planeta, e a consciência social se amplia abrangendo minorias antes relegadas por preconceitos (de raça, idade, gênero, deficiências físicas), o autor vem nos demonstrar que o ser humano tem seu lugar ecológico, pois também faz parte do meio ambiente, e que os demais seres vivos não lhe são inferiores, mas parceiros nesta nave chamada Terra.

Ao presenciar em seu cotidiano uma cena fugaz e corriqueira, invisível à rotina diária de tão comum e natural, o autor faz dela trampolim para mergulhar em cheio para dentro da vida, a vida em sua essência mais plena e pura, pois nela o que importa é o gesto solidário, a preocupação com o outro, a presença junto a quem está só, a mão estendida a quem busca algo a que agarrar-se. E desse mergulho surgiu esta narrativa.

Que não se engane o leitor incauto que, ao deter-se na superfície de simplicidade e singeleza do texto, imagine tratar-se de apenas fábula ou estória para entreter e relaxar. Uma leitura atenta leva-nos a perceber que os animais com quem convivemos em nossa vida tem muito o que nos ensinar, assim como nós a eles; tem muito a nos proporcionar, como nós a eles; e, sobretudo, tem tudo para nos despertar para a realidade de que o homem está perdendo sua humanidade a troco de futilidades e os animais mostram-se portadores de atitudes e comportamentos que podemos conceituar como sendo da maior humanidade.

O autor poderia veicular suas observações e reflexões através de um artigo, um ensaio, conferência ou monografia; preferiu o árduo caminho de uma obra literária, pois a Literatura não apenas mostra o real, mas introduz o leitor dentro da própria realidade, e foi uma escolha acertada e feliz, pois agora estamos envolvidos com o que se passa no texto.

Sinto-me honrado em apresentar esta obra, pois trata-se de livro portador de beleza e importância. Cabe, porém, ao leitor contentar-se em deixá-la bela e importante ou fazer dela semente de libertação, seu trampolim, e dar seu próprio mergulho para a plenitude da vida que podemos partilhar com os animais e com as pessoas, escrevendo o seu livro pessoal com as linhas de um novo cotidiano.

É nesse contexto que este MEMÓRIAS DE UM NOBRE CACHORRO VIRA-LATA, escrito por Sergio Alabi Lucci, adquire toda sua pujança e necessidade, sendo uma rajada de um vento fresco que nos renova e nos desperta do marasmo e passividade com que nos acostumamos.

Eduardo Meksenas

Janeiro/2019.

Introdução

Na Pré-História, cerca de 4500 a.C, surgiram as primeiras pinturas rupestres com os cães de caça, cujas aparências não se assemelhavam a nenhuma raça atual. Contudo, no Egito Antigo, a semelhança pôde ser percebida em algumas ilustrações.

"Você possui animais? Cuide deles" (Eclesiástico 7;22).

O livro Odisseia, escrito pelo grego, Homero, no século 8 a.C, relata a história de Ulisses, que voltou para casa depois de sua ausência por mais de 20 anos e foi reconhecido apenas pelo seu cão.

Na ficção foram criadas diversas histórias relativas aos cachorros, sendo os mais famosos: Scooby-doo; Snoopy, da raça Beagle; Os Dálmatas; Pluto, da raça Bloodhound; Banzé, é o filhote de "A Dama e o Vagabundo"; Lobo, Pastor alemão do seriado nacional "O vigilante rodoviário"; Bidu, da raça Schnauzer, o cãozinho azul da "Turma da Mônica"; Ideiafix, o cãozinho do cãozinho do Obelix; Baleia, a cadelinha magricela de "Vidas Secas" do escritor Graciliano Ramos; Lassie; Rin-tin-tin; Marley, do filme Marley & Eu; Odie, amigo do gato comilão, Garfield; entre outros mais.

Há mais de 300 raças de pequeno, médio e grande porte. Cada um com as suas próprias características. A população canina, atualmente, no Brasil, é estimada em 52 milhões, portanto quase que dois cachorros por família. Não é pouco.

Rottweil, Furtwagen, Alemanha. Rottweiler é uma raça canina desenvolvida na Alemanha. Cão criado por açougueiros da região para o trabalho com o gado, logo tornou-se um eficiente animal de guarda e boiadeiro, obediente, confiante, seguro de si mesmo, calmo e corajoso. Estatua em tamanho natural em Rottweil.

1

Quem sou eu?

O dia amanhece e os primeiros raios de sol começam a bater e esquentar o meu focinho. Abro os olhos e fico observando o que me rodeia. O dono da marcenaria não chegou, pois ainda é muito cedo. Procuro um lugar melhor para me ajeitar, evitando o sol direto nos meus olhos. Quero dormir mais um pouco, pois o dia será cheio.

Eu e meu amigo vira-lata, o Tigrão, dormimos de baixo de uma velha carroceria de madeira abandonada que nos serve de abrigo e ela está abandonada nos fundos do pátio da marcenaria, o qual também serve de estacionamento. Gente que entra, gente que sai, mas raras vezes alguém nos faz algum agrado ou passar a mão na nossa cabeça. Gente pensando apenas no trabalho ou nos negócios. Os humanos são assim mesmo, têm pouco tempo para viver a vida.

Nasci em uma ninhada de cinco filhotes, sendo três fêmeas e dois machos. Meus pais eram um casal de Beagle. Nós, os Beagles, temos um temperamento calmo e uma disposição moderada, porém uma personalidade forte e fazemos o que queremos e quando queremos, ou seja, somos teimosos. Portanto dizem que somos difíceis de sermos treinados. Será verdade? Sei não, sei não...

Somos atraentes com uma alma de vagabundo, fieis aos nossos instintos e caçadores, ou seja não somos muito obedientes (He!He!He!), mas com paciência aprendemos e deixamos de ser teimosos.

Por outro lado, somos alegres, amáveis e geralmente não somos agressivos e nem tímidos. Gostamos de companhia e, embora sejamos retraídos com estranho, somos facilmente conquistados. Posso afirmar que somos adoráveis.

Não somos bons cães de guarda, e isso é verdade, porém latimos muito quando somos confrontados com desconhecidos, o que nos torna bons cães de vigília. Por segurança, os humanos gostam de cães de guarda, e nós somos confiáveis, isso eu garanto. Não vou dizer que não, né!

2

No pet shop

Ficamos juntos um pouco mais do que dois meses com o nosso criador, depois fomos vendidos para um pet shop. Este tempo de convívio com minha mãe e meus irmãos foi muito importante para a minha vida.

Minha mãe, meus irmãos e eu formamos uma pequena matilha. Minha mãe permitia que fizéssemos quase tudo, mas na medida em que íamos crescendo, nem tudo era permitido, tais como perturbar o sono dela e dos meus irmãos, latir sem motivos, pois era só para perturbar, roubar a comida dos meus irmãos, era o que mais eu gostava de fazer. Ela estava nos educando para nos tornarmos cachorros sociáveis.

Nós, cachorros, passamos por várias fases, a primeira no período aproximado de duas semanas de vida. Nesta fase dependi totalmente da minha mãe. Não via e nem ouvia, mas sentia o cheiro de minha mãe, adorava e me sentia seguro. Saudades do cheiro da minha mãe...

Depois de uns vinte dias já tinha crescido um pouco, olhos bem abertos, já ouvia os ruídos dos meus irmãos e da minha mãe, comecei a aprender a andar e me equilibrar nas quatro patas.

Um dia, descobri que estava nascendo o meu pri meiro dentinho. Esta é uma fase importante na minha vida, a fase de transição. Todos os meus dentes nasceram por volta dos sete meses. Legal, pois a partir daí comecei a dar umas belas mordidas. Meus irmãos é que sofriam, mas também retribuíam. Que farra! Minha mãe ficava brava, eu estava me tornando verdadeiramente um cachorrinho travesso.

Depois de um mês eu já escutava e ouvia bem. Era a fase de reconhecimento dos sons, dos movimentos e dos cheiros. Meu faro começou a ficar apurado, pois é uma das nossas qualidades, sentimos os cheiros de longe. Já reconhecia os movimentos das pessoas que vinham nos ver e cuidar da nossa higiene e alimentação. Nossos criadores eram muito carinhosos. Era um ambiente muito tranquilo, e isso nos passa uma grande segurança, principalmente ao lado da mamãe e de meus irmãos.

Nesta outra fase, aprendi que deveria ter certos comportamentos perante a minha pequena matilha e tudo o que nos cercava. Respeito pela autoridade da mamãe, a disciplina e disputar com meus irmãos a liderança entre nós. Xi! Esta fase foi a mais difícil, todos queriam mandar, e como. Briga e mais briga até mamãe interferir e acalmar. Os ânimos. Família é assim mesmo.

Depois de quase três meses, já estávamos preparados para enfrentar uma nova vida, um mundo novo, fomos levados para um pet shop.

Os humanos ficam com pena quando nós, os filhotes, somos separados das nossas mães, mas somos diferentes dos humanos, os nossos sentimentos são por instinto, a nossa inteligência é intuitiva.

Depois de um tempo perdemos o sentimento de família e partimos para uma nova vida. Daí em diante as nossas vidas tornam-se diferentes, pois alguém irá nos comprar, e não temos ideia como será nossa vida.

Nossa matilha foi desfeita e não ficamos tristes, diferentemente dos humanos. Os sentimentos de família dos humanos são muito diferentes dos nossos sentimentos de família canina.

Esta última fase é a melhor época para fazermos parte de uma nova família junto aos humanos. Aprenderemos muito e esta aprendizagem fará parte do nosso dia a dia.

O período ideal para termos uma nova família e desfrutar o convívio com os humanos é depois de dois a três meses de idade. A nossa socialização é bem diferente dos humanos, ela começa logo nas primeiras semanas de vida, dependemos muito do olfato, da postura corporal e dos latidos. Por isso que os pets shops não nos vendem antes deste período.

Será que vocês, humanos, quando nos compram, sabem disso?

A comercialização de cães tornou-se um bom negócio; com isso vende-se coleiras, roupinhas para o inverno, caminhas de pano, casinhas de madeira, sabonetes especiais, shampoo, uma grande variedade de enfeites, infinidades de acessórios e variedade de rações.

O mais importante é a honestidade com que os pets shops nos comercializam. Não nos vendem antes de completarmos dois meses de vida e ainda permanecemos junto da nossa querida matilha, que é a nossa família. Isso é muito bom para nós.

A nossa forma de comunicação mais conhecida é o latido, apesar de que choramos, rosnamos, uivamos, cheiramos e também usamos a nossa linguagem corporal, pois não é somente os humanos que usam a linguagem corporal para se comunicar, nos também usamos. Enfim, nos comunicamos pela postura do corpo, posições do rabo, posições das orelhas, pelos olhos e pela boca.

No pet shop, os empregados eram muito carinhosos, e eu percebia que nos amavam, pois nos pegavam no colo com muito amor.

Fomos vacinados por uma veterinária que era jovem e também adorava os animais que lá estavam para serem vendidos.

Tomava banho com xampu de perfume suave, que delícia! Ficava perfumado por um bom tempo. Os pelos penteados e sedosos, me sentia o máximo.

Como eu já estava quase totalmente socializado, devido ao tempo em que passei com minha família, ou melhor com minha matilha, e mais um tempo que vivi no pet shop, percebi a ansiedade das pessoas para comprar um filhotinho.

Começavam batendo insistentemente no vidro da vitrine em que estávamos expostos, não eram só crianças, mas também adultos, para nos chamar a atenção, esperando que fizéssemos alguma gracinha.

As crianças, o que é natural, começavam a falar cada vez mais alto e tudo que desejavam era um cachorrinho fofinho e gracioso dentro de casa, pulando, brincando e correndo. Queriam nos pegar no colo de qualquer jeito, porém alguns adultos se comportavam como as crianças.

Muitas pessoas nos compram por impulso, o que não é bom. Os menos ansiosos ficavam nos observando, acompanhando as nossas brincadeiras e gostavam dos mais espertinhos e peraltas, mas a primeira pergunta que faziam ao atendente era sempre sobre a raça do cãozinho e se tinha pedigree. Para a maioria, o pedigree era o mais importante de tudo, não queriam saber de filhotes de procedência desconhecida.

Levavam em conta, também, a cor dos pelos dos bichinhos, se eram sadios e perfeitos, qual a idade, tipo adequado de alimentação, os cuidados com a saúde e vacinação e muitas outras dúvidas.

Hoje, entendo que era um preconceito, pois na época eu era muito pequeno para entender o significado de preconceito racial. Parece-me que tinham horror aos vira-latas. Infelizmente, este preconceito ainda existe, os humanos não entendem que somos iguais perante a natureza.

Mais adiante, no relato das minhas memórias, vocês entenderão o quanto sofri por preconceito, pois as circunstâncias me levaram a perambular pelas ruas e me julgarem um vira-lata.

Depois faziam muitas outras perguntas até ficarem convencidos que estavam comprando o cachorrinho ideal. Deste momento em diante, estabelecemos fortes laços afetivos que deverão ser permanentes, e quem nos compra deve estar ciente disso. No decorrer das minhas memórias, você entenderá o porquê os laços afetivos são desfeitos, ocasionando sofrimentos em ambas as partes.

Geralmente, os compradores eram jovens, também casais que vinham acompanhados das crianças e pessoas solitárias que precisavam de uma companhia. Para as pessoas solitárias éramos a companhia perfeita. As crianças tinham preferência, mas os pais é que decidiam, quase sempre, qual cãozinho comprar.

Os donos dos pets shop procuram vender logo os filhotes, pois na demora da venda eles crescem, e os compradores não gostam de filhotinhos crescidinhos.

3

Tenho um lar

A minha dona me pegou nos braços e ficou um bom tempo me apertando e brincando comigo. Fui o presente de aniversário que o noivo deu para a sua noiva. Saíram felizes e radiantes. Ela morava com sua mãe, que era viúva e de idade, em uma casa confortável.

A casa era térrea e tinha um quintal grande, onde eu poderia correr e brincar, o piso era de caquinhos de cerâmica vermelha, na lateral direita tinha um gramado cuidado e cercado de arbustos baixos, buxinhos, verde-escuro e bem aparados.

Tinha um canteiro em forma de quadrilátero que formava uma horta com uma boa variedade de hortaliças e muitos vasos com plantas.

Para a entrada da casa tinha dois portões, um grande para entrada de carros e outro pequeno para entrada social. Eram de ferro, ambos bem trabalhados e pintados de cinza grafite. Tudo bem conservado.

Na frente da casa tinha um quadrilátero grande com quatro roseiras, rosas vermelhas e brancas. No fundo, uma lavandeira e um quartinho.

Depois, com o passar do tempo, descobri que somente um grande quintal não era tudo o que eu desejava, era apenas um grande canil. Na leitura das minhas memórias, você entenderá o porquê um grande quintal não é tudo na vida de um cachorro.

Ouvi o casal conversando sobre o nome que me dariam. Procuraram os nomes mais comuns na internet, tais como: Totó, Bolinha, Chuvisco, Fubá, Barão, Pipoca, Paçoca, Sansão... essa lista não acabava mais.

Já pensaram eu, mirradinho, toquinho de cachorro, com o nome de Sansão. Muito engraçado. Qua! Qua! Qua! Qua!

Depois de muita conversa e de comum acordo, me deram o nome de **Rex**. Comentaram que significa **Rei**, pois eu tinha um porte de reizinho. Muitos risos.

Ufa! Até que enfim chegaram em um acordo.

No começo, me acomodaram em um cesto de tecido muito macio, colorido, confortável e forrado. O cestinho foi colocado em um pequeno quarto nos fundos do quintal, o qual servia para costuras e artesanatos. Tinha um cesto grande de vime cheio de retalhos e roupas velhas, uma máquina de costura, pelo estado dela era bem antiga, uma prateleira com vidrinhos de missangas, lantejoulas, botões e alfinetes, várias outras miudezas usadas para costura.

Uma outra prateleira cheia de tranqueiras, mas bem arrumada. Não sei para que serviam, acho que eram ferramentas do finado marido. Pessoas idosas são assim mesmo, guardam tudo achando que um dia vão usar, coisas dos humanos. Podia se notar que a dona da casa era muito caprichosa e organizada.

A única coisa que nós, cachorros, guardamos, isto é, escondemos, é um belo osso.

Para mim, uma vantagem deste quartinho é que, nas noites frias, ficava encolhidinho e quentinho no meu cestinho.

Fui crescendo, mas me sentia sozinho, pois a senhora não me dava muita importância e atenção, sempre atarefada com as coisas da casa e suas costuras. Colocava a minha ração e a água, o suficiente para um dia, mas às vezes, ao passar perto da minha vasilha de ração, via que estava vazia, então colocava mais até quase transbordar.

Nós, da raça Beagle, comemos tudo o que nos é colocado, e numa tacada só. Sentia que o ideal era di vidir a quantidade de ração que me era recomendada em duas vezes, para não comer tudo de uma só vez e depois me sentir mal.

Quando comia tudo, e rápido demais, ficava com a barriga estufada e com gazes, às vezes sentia vômitos, e era horrível. Fazer o quê? Né!

Às vezes me pegava no colo e brincava, mas por pouco tempo, estava sempre ocupada na cozinha ou no quartinho de costura.

Minha jovem dona trabalhava e só chegava ao anoitecer, me pegava no colo e me abraçava, me beijava, conversava muito comigo.

Nós, cachorros, não falamos, temos um instinto muito desenvolvido, porém também temos sentimentos, tais como alegrias e tristezas.

Ficava muito feliz quando minha dona chegava, e ela percebia meu carinho. Eu ficava muito ansioso e agitado, lambia várias vezes o seu rosto e suas mãos. Ela adorava e corria comigo pelo quintal. Jogava uma bolinha, e eu corria para pegar e trazer presa entre os dentes. Brincávamos até cansar.

Minha dona, depois da brincadeira, guardava a bolinha; ainda bem, caso contrário, quando eu ficava ansioso ou triste, eu pegava a bolinha estraçalhava de raiva. Acho que foi o veterinário que deu essa dica.

Era divertido, mas no dia seguinte tudo voltava á velha rotina e eu ficava novamente sozinho, quase que o dia inteiro, esperando a minha jovem dona chegar do trabalho. Eu ficava entediado e frustrado.

O seu noivo era mais contido quando vinha visitá-la, me pegava um pouco no colo, me balançava e me colocava no chão. Ele achava que aquilo era o suficiente, mas para mim não era. Eu queria mais atenção, pegava a bolinha e trazia entre os dentes para ele pegar e jogar, contudo ele não entendia minha intenção, era muito desligado.

O que eu queria era uma brincadeira, um agrado, uma palavra de carinho, um cafuné na cabeça, porém não adiantava. Ele não era muito chegado aos meus olhares com a cabeça pendendo para um dos lados.

Não tinha muito o que fazer, a não ser comer, dar umas voltas pelo quintal, dormir ou ainda ficar esperando a velha senhora passar pelo quintal e me fazer algum agrado, mas era raro.

Quando ela regava as plantas e a grama do jardim, não me deixava chegar perto, para não molhar as minhas patinhas e sujar a casa com as minhas pegadas. Ela ralhava comigo, mas que dava uma vontade danada de molhar as patas e sair correndo pelo quintal dava. Ah se dava!

Quando eu estava muito ansioso e solitário, ficava nervoso e pegava o primeiro chinelo que aparecia na minha frente e começa a roer, roía pra valer. Nossa! Aí é que a porca torcia o rabo, quando a velha senhora descobria, ficava muito brava, vinha com o outro chinelo na mão para me bater, dizendo: "vem aqui seu pestinha que eu te pego, desta você não escapa". Salva-se quem puder! Corria e me escondia por um bom tempo atrás da minha casinha, até ela esquecer.

Assim fui levando a minha vidinha, nesta balada rotineira.

Tinha uma ração farta e boa, água fresca, mas estava sempre sozinho, sem ter com quem brincar, embora tivesse vários brinquedos para me distrair.

Ganhei um grande osso de borracha especial para cachorro, que jogavam e eu corria para pegar e trazer preso na boca. Eu ficava segurando entre os dentes com muita força para ver se conseguiam tirar.

Tiravam da minha boca e jogavam de novo, e eu, mais uma vez, corria feito doido. Paravam de jogar quando percebiam que eu estava cansado. Eu me divertia muito, mas essa brincadeira, com o passar do tempo, foi diminuindo, até que pararam. Até jogaram fora o osso.

Os dias custavam a passar, pois tinha pouca atividade, como já disse, era comer, dar umas voltas pelo quintal, dormir ou ainda ficar ansioso na espera da minha jovem dona.

Neste ponto da minha vida, comecei a perder a alegria e perceber que os adultos esquecem com facilidade dos seus deveres assumidos com seus animais de estimação. Perdem o interesse, e isso é muito triste.

4

Minha primeira consulta com a veterinária

Um sábado pela manhã, minha jovem dona me mostrou uma coleira e explicou com muita calma que era necessário o uso da coleira para sair à rua, pois me levaria em uma clínica veterinária para uma primeira consulta.

Tentou colocar a coleira e me senti incomodado. Comecei a balançar a cabeça dificultando a sua colocação. Nunca tinha usado uma coleira e era a primeira vez que iria para a rua. Isso me trouxe uma grande ansiedade.

Aos poucos, com carinho e paciência, minha ansiedade foi diminuindo e acabei me distraindo com uma plaquinha de metal com meu nome, **Rex**, minha identificação. Aos poucos, fui me acostumando,

era muito estranho aquela coleira de couro com forro de tecido muito macio. Enfim, estava com a coleira no pescoço.

Já acostumado, andei pelo quintal todo com a coleira no pescoço. Minha dona me chamou e explicou que precisaria colocar uma guia na minha coleira, pois eu não poderia ficar solto na rua e no consultório do veterinário, era para a minha segurança e a das pessoas.

Com o passar do tempo, descobri que as guias não só serviam para comandar nossos atos, mas também que existem leis que proíbem os cães de andarem soltos nos lugares públicas. A lei é bem clara, os donos são responsáveis por todos os nossos atos, tais como ataques e mordidas. Os meus colegas de grande porte são os mais temidos.

Logo depois entendi o porquê da coleira e da guia. Estava na época das vacinas, e elas são muito importantes para a nossa saúde.

Na clínica, vi vários cachorros, de todas as raças, tipos e cores, mas não tinha como me comunicar com eles, pois sempre estávamos presos.

Os donos seguravam as guias presas nas coleiras com força, para que seus cachorros não escapassem e para que não brigassem.

Ficavam de longe, uns encarando os outros, e até rosnando. Acredito que se não estivéssemos presos a uma guia, não ficaria um cachorro para contar a história. Tínhamos uma vontade danada de fugir. Situação muito engraçada.

Depois de alguns anos entendi que a guia era a nossa submissão aos nossos donos. Quando saía para passear, nos finais de semana, no parque com a minha dona, várias vezes via cachorros sendo arrastados pelos donos. Um queria ir para um lado, e o outro para outro lado. A lei do mais forte vencia, era o desejo do dono. Era uma briga divertida.

Nossa origem: cães domésticos vêm dos lobo-cinzentos que sobrevieram á Era do Gelo, 300 mil anos atrás. Portanto, são nossos parentes de muito, muito longe. Meus antepassados começaram a conviver amigavelmente com os homens aproximadamente há 30 mil anos.

É tempo hein!!!

Desde o início do mundo, os lobos sempre adavam em matilhas e sempre tinha um líder que se impunha. Muitas vezes, os mais fortes e determinados brigavam até se ferirem para ver quem mandava no pedaço, e o vencedor passava a ser o líder. O ser humano tem que se impor, e assim, torna-se o nosso líder e passamos a obedecer.

Às vezes, um cachorro não simpatizava com o outro, então era mais uma briga na certa. Cada um dos donos puxando o seu cachorro.

Vi também madames carregando os seus cãozinhos nos braços, como se fossem objetos de decoração. Era para chamar a atenção.

Várias pessoas paravam para conversar, perguntar sobre a raça, fazer uma graça e ir embora. A madame ficava toda feliz, era a sensação de posse que ela tinha sobre o seu cãozinho.

Os seres humanos são assim, gostam de aparecer e mostrar as suas propriedades, os seus pertences.

Não é o ser, mas o ter, são as posses.

5

Meu novo lar

Fui crescendo, e passados quase dois anos, compraram uma casinha de madeira pintada de marrom e acolchoada. Colocaram-me para dormir nos fundos do quintal, na lavanderia, debaixo de um telheiro, perto do quartinho de costura onde estava meu cestinho forrado de algodão. Era quentinha e aconchegante, nada mal, casa nova...

Minha dona pouca atenção me dava, pois estava ocupada com os preparativos para o casamento, o qual seria em breve.

Após o casamento, ela ficou uns vinte dias sem aparecer. Senti sua falta e a falta do seu carinho. Comecei a ficar amuado, embora o quintal fosse grande para brincar, mas brincar sozinho?

Não tinha ninguém para jogar a bolinha para eu correr e pegar. Não tinha com quem dividir a minha alegria.

Ela voltou, e eu fiquei muito alegre e feliz. Ela me fez muita festa e me disse que eu iria morar com ela e seu marido. Parecia que teria uma nova vida, mais cheia de alegria e companhia; infelizmente não foi assim. Bem que eu poderia ter um amigo canino para brincar.

Os rumos das coisas mudaram. Fui levado para o apartamento em que eles moravam, não era muito grande. Vi que tinha pouco espaço para brincar ou correr. A minha casinha de madeira pintada de marrom ficou na casa onde morei.

Fui acomodado novamente em um grande cesto de tecido todo colorido, muito confortável, e me servia bem. Ficava na área de serviço e batia pouco sol, somente na parte da manhã. Sentia muito frio. Embora pudesse andar por todas as áreas do apartamento, apenas com exceção de dois quartos, não tinha muito para onde ir.

Nos fins de semana, a minha dona me levava para passear e tomar bastante sol, isto é, quando não chovia ou fazia muito frio. Dava para esticar as canelas, isto é, as patas, mas sempre preso à coleira afivelada e à rédea que me conduzia.

Às vezes, o meu dono me levava passear, mas era raro. Acho que ele não gostava de bichos e de caminhar. Parecia ser preguiçosão. Ele queria ir para um lado, e eu queria ir para o outro lado, ele não gostava muito, mas eu me divertia, era para testar sua paciência.

Eu tenho dois tipos de coleira, uma de pescoço e outra de peitoral; a de pescoço não permitia que eu fosse para onde quisesse, era dominado, mas a coleira de peitoral permitia que eu passasse na frente do meu dono e conduzisse o passeio, aí era a maior briga, ele para um lado e eu para o outro. Era um tal de puxa pra cá, um puxa pra lá, não dava certo e ele ficava nervoso. Voltávamos mais cansados do que relaxados. Ele sentava no sofá da sala e não queria mais nada. He!He! He!

Em uma das minhas consultas, ouvi o veterinário comentar que, segundo os estudiosos em psicologia canina, para liderar uma matilha, ou um cão, é necessárias três qualidades: persistência, paciência e postura. Meu dono não tinha nenhuma das três.

Meu maior contato era com a diarista. Ela vinha duas vezes por semana e me dava um pouco de atenção, mas sempre correndo pra lá e pra cá, era para acabar logo com o serviço e ir embora. Parecia que estava se preparando para disputar uma maratona.

Comecei a ficar triste e fui perdendo a alegria. Comecei a comer pouco e fui perdendo peso. Um certo dia, minha dona me pegou no colo e viu que eu estava mais leve. Ficou assustada e me levou ao veterinário. Conversaram um bom tempo sobre o meu caso.

O veterinário diagnosticou solidão e a falta de espaço físico para que eu pudesse me exercitar. O melhor remédio são os passeios constantes e andar fora de casa é uma boa terapia para explorar territórios desconhecidos e novidades. Precisamos descobrir os territórios que ficam além dos muros das casas. Mesmo os cães que ficam em quintais espaçosos sentem a falta de companhia, também podem sentir frustrações e sofrer de ansiedade.

O quintal não passa de um grande canil, e os que vivem em apartamentos ficam mais confinados ainda. Vão perdendo o apetite e perdendo peso. Explicou também que os cães também sentem medo, ansiedade, interesse, alegria e outras emoções. Cachorro também tem sentimentos de angústia e depressão.

Por sua vez, minha dona conversou muito com o marido e com sua mãe para decidir o que fazer comigo. As conversas foram longas, me sentia incomodado e preocupado com a situação.

Uma semana depois, ela me pegou no colo e, com lágrimas nos olhos, me disse que, por recomendação do veterinário, eu iria voltar a morar com a sua mãe, a qual, embora não estivesse bem de saúde, iria cuidar de mim.

Pelo menos na minha antiga morada teria um bom espaço para viver, tinha a horta, vasos com plantas, os canteiros com as rosas, o gramado, o portão para apreciar o movimento da rua. Enfim, tinha sol, terra e verde.

A mãe da minha dona tinha horror quando eu entrava nos canteiros e revolvia a terra para esconder alguma coisa. As minhas patas ficavam molhadas e sujas de barro. Através das minhas impressões digitais, isto é, das minhas impressões "patais" ela sabia onde eu estava escondido, aí era correr para não levar umas chineladas ou vassourada no meu traseiro. He! He! He!

6

O filho pródigo à casa antiga retorna

O filho pródigo à casa paterna retorna, pois é isso que ocorreu.

Voltei para o velho quintal e para minha velha casa de madeira, cuja pintura marrom já estava envelhecida e descascando. Um bom tempo já tinha se passado, embora nós, não tenhamos ideia de tempo.

Para falar a verdade, apenas ganhei espaço, sol e luz, mas minha vida solitária e vazia continuaria a mesma. Sem qualquer perspectiva de novidades. O ideal é que tivesse um colega canino para brincarmos e nos divertir, seria uma excelente pedida. Achava que pouco iria mudar.

Quando tocavam a campainha, a senhora não escutava bem, só com os meus latidos é que ela percebia que tinha alguém no portão, para mim isso era bom, pois tinha uma diversão.

Eu latia muito e alto até chamar a atenção da senhora, além do que, eu corria até o portão para ver a cara assustada do carteiro, ou de algum vendedor, ou do verdureiro, enfim, de quem tocasse a campainha ou batesse palmas. Algumas vezes, era algum moleque que, para se divertir, tocava a campainha e sai correndo. Neste caso, eu pulava com toda força no portão de ferro, que era barulhento. Os moleques corriam mais ainda de susto.

As pessoas ficavam com medo e achavam que eu era muito bravo. Era só para me divertir, aliás, era uma das poucas diversões que eu tinha naquela casa. Era uma boa diversão. Rachava de rir.

Ao ver a senhora se aproximar lentamente, eu parava de latir. Em retribuição, ela fazia um carinho, afagando minha cabeça e orelhas. Aí eu ficava todo dengoso e me sentia importante.

Quando ela voltava para o fundo do quintal, eu acompanhava os seus passos lentos. Era uma boa pessoa, mas, como eu, ela se sentia solitária.

Minha dona era filha única e, depois que casou, vinha visita-la somente nos fins de semana. Não tinha netos para se distrair e, para mim, seria bom se tivesse, pois nós, cachorros, adoramos crianças, claro que de acordo como fomos socializados. Cachorros que não gostam de crianças não foram socializados adequadamente.

Na verdade, convivi pouco com crianças, algumas vezes uma vizinha trazia as suas duas netinhas para brincarem um pouco comigo enquanto sua avó conversava com a senhora. Faziam uma tremenda festa, e eu ficava agitado, correndo de um lado para outro. Elas corriam atrás e jogavam uma bolinha para eu pegar. Pura diversão. Pena que ficavam pouco tempo. Quando iam embora, eu ficava triste.

Tinha uma diarista que vinha duas vezes por semana para fazer uma boa faxina, lavar e passar as roupas, lavar o quintal e deixar a casa em ordem. Era muito ligeira e esperta. Às vezes, me fazia um agrado, mas era rápido, não poderia perder tempo. Nossa! Que vida corrida. Ufa!

A senhora tinha dificuldades de locomoção e arrastava os pés para andar, por isso ela, poucas vezes, saía para o quintal. Ia para pendurar ou tirar as roupas do varal, ou para colocar minha ração no pote e trocar a minha água.

Mesmo para o quartinho de costura já não ia muito. Ficava a maior parte do tempo dentro de casa. Na parte da manhã fazia as suas tarefas básicas, arrumar a casa e cozinhar. A tarde ficava assistindo televisão e fazendo tricô.

Para amenizar a solidão, abria a porta da cozinha e me chamava para fazer companhia. Enquanto tricotava, eu ficava deitado aos seus pés em um tapete de lã. Ela me afagava, mexia nas minhas orelhas e dizia que eu era um bom guardião. Vez ou outra parava de tricotar e conversava comigo. Bons momentos.

Dizia que eu era uma boa companhia, pois não me queixava de nada. Claro, nós, cachorros, não falamos com os humanos, apenas latimos, brincamos e fazemos graças.

O tempo foi passando e, várias vezes, ela esquecia da minha ração e de trocar a água. Quando lembrava, colocava mais do que o sufiente e, às vezes, ela vinha duas vezes por dia para ver se tinha ração. Estava perdendo a memória e os seus movimentos eram bem mais lentos.

Ficava triste por ver as pessoas idosas ficarem esquecidas pelos mais novos. O problema não é a velhice, e sim a solidão que deprime as pessoas e também nós, os animais. Acredito que um dia aconteceria o mesmo comigo, afinal quem é que gosta de um cão idoso? Somente as pessoas generosas. Ficava matutando como seria minha velhice.

Sua filha e o genro começaram a vir com mais frequências nos fins de semanas, pois sua saúde não andava bem. Ela me dava atenção na medida do possível, visto que estava muito preocupada com a saúde da mãe. Ela me dizia, com lágrimas nos olhos, que tinha saudades dos tempos em que eu fazia muita festa para ela quando voltava do trabalho.

7

Minha vida começa a mudar

Um dia, vi uma grande correria na casa. Sua filha veio juntamente com o marido e uma senhora toda de branco, acredito que era a médica. A vizinha que trazia as crianças para brincarem comigo já estava lá. Faziam muitas perguntas para ela e escutavam em silêncio.

Entraram na casa e ficaram um bom tempo conversando, até que encostou uma ambulância e retira ram a senhora idosa em uma maca, todos estavam agitados, principalmente a sua filha, que nem sequer percebeu que eu estava ao seu lado, olhando para ela.

A sua mãe, pelo que entendi, foi levada para um hospital, pois não estava bem.

A vizinha, muito solícita, se prontificou a cuidar de mim, trocar a água, colocar a ração três vezes por semana e no que fosse necessário.

Era uma senhora bondosa, mas não tinha muito tempo para cuidar de mim como deveria. Fazia o que podia, tinha também seus afazeres domésticos e seus problemas.

Tinha a diarista que duas vezes por semana cuidava da casa e também de mim. Agora ela tinha menos coisas para fazer, mas vivia, como sempre, correndo para terminar logo os serviços da casa e ir embora o mais cedo possível.

Dava-me pouca atenção, pois dizia que não tinha obrigação de me cuidar, não ganhava a mais para isso. Os seres humanos, com algumas exceções, são muito parecidos, mudam apenas de aparência. Quando a senhora era ativa ela não dizia nada disso. Ah! Seres humanos!

A minha dona vinha todos os finais de semana para ver como estava a casa, aproveitava para me abraçar com muito carinho e para ver também se estava sendo bem cuidado.

Era uma pessoa de bons sentimentos, mas faltava-lhe tempo. Às vezes, eu sentia uma tristeza em seu olhar.

Com o tempo comecei a ficar mais tempo no portão, me distraindo com as pessoas e os cachorros que passavam. Alguns cachorros passavam, paravam, ficavam me encarando e me cheirando, mas eu, por outro lado, fazia o mesmo. Vida de cachorro é assim mesmo.

Percebia que a casa estava ficando abandonada, mesmo com a diarista indo duas vezes por semana, era diferente quando a senhora idosa estava presente e não deixava passar nada. Queria tudo limpo.

Como disse anteriormente que o quintal era grande, muito espaço, mas ainda me sentia prisioneiro em um grande canil. Não saía mais para passear, não via mais meus colegas de passeios. A solidão começou a me atormentar.

Algumas pessoas passavam muito perto do portão e, quando me viam, pulavam assustadas, achando que eu era bravo. Eu me divertia.

O interessante é que sempre passava um cão de grande porte, se comparado ao meu porte. Era bem maior do que eu. Era atarracado, as patas dianteiras meia arcadas, pelos amarelados e escuros, tinha algumas manchas pretas, orelhas curtas, olhar penetrante, que cá entre nós, me dava medo... e que medo!

Ainda bem que o portão de ferro nos separava. Ufa!

Passava, dava uma pequena parada, me encarava e ia embora. As pessoas que andavam na calçada sempre desviavam dele, de medo, quando o viam. Eu só observava.

8

Meu primeiro contato com o vira-lata Tigrão

Um dia a vizinha, viu o tal cachorrão no portão. Pegou uma vassoura, a girava no ar e o ameaçava dizendo: "Fora seu vira-lata, vou lhe dar umas vassouradas". Ele latia forte e rosnava. A vizinha também tinha medo e ficava apenas nas ameaças. Ele olhava, virava as costas e caminhava. Ela resmungava: "Estes vira-latas não valem nada!".

Após este dia, comecei a imaginar como era a vida de um cachorro vira-lata. Como vivia? Onde morava? O que comia? Onde arranjava água para matar a sede? Onde dormia? Sinceramente, eu não tinha a mínima ideia.

Passando alguns dias, estava eu, mais uma vez, no portão, quando ele passou, parou, ficou me olhando como se quisesse puxar conversa. A rua estava vazia e era a oportunidade de conhecer o cachorrão.

Perdi a timidez e perguntei pelo seu nome. Disse que era chamado de Tigrão, devido ao seu porte, pois era assim que o chamavam.

Tigrão

Contou-me que dormia embaixo de uma velha carroceria de madeira em um pátio de uma marcenaria. No começo foi difícil, o dono da marcenaria não o queria no seu quintal, sempre que ele aparecia no pedaço o mandava embora. Perto do portão tinha uma torneira que estava sempre pingando e formava uma bela poça de água, quando o dono não estava, ele entrava rente ao muro e ao portão e tomava umas belas goladas de água fresca. Os funcionários viam, mas não diziam nada, pelo contrário, parece que simpatizavam com ele. Bebia a sua água numa boa.

Depois do expediente, não ficava ninguém na marcenaria, e o portão era grande e de madeira. Ele descobriu uma passagem no portão e viu que conseguia, com muito esforço, passar. Entrou e se abrigou embaixo de uma carroceria.

Quando amanhecia, ele saía, para não encontrar com o marceneiro. Isso foi por um bom tempo até que em uma noite escura e fria aconteceu o inesperado.

O Tigrão acordou com um forte barulho na porta da oficina que ficava perto do escritório. Foi ver o que estava acontecendo e viu dois estranhos tentando forçar a porta. Pelo olfato percebeu que não era nenhum funcionário da oficina. Lentamente foi se aproximando e rosnando; quando chegou mais perto, os dois estranhos, com uma lanterna, iluminaram o bichão e ameaçaram atirar um pau para afugentá-lo.

O Tigrão não teve dúvida, partiu com tudo pra cima dos bandidos, latindo a todos os pulmões e furioso. Fugiram apavorados deixando as ferramentas e a lanterna que estavam usando. Sebo nas canelas e pernas pra que te quero, pularam o portão e sumiram na escuridão da noite.

No dia seguinte, o dono da marcenaria e os funcionários, ao chegarem para o trabalho viram as ferramentas, a lanterna e a porta detonada. Logo perceberam que tentaram arrombar a porta para roubar.

O Tigrão do susto, (ele também ficou assustado com a façanha), e cansado perdeu a hora para acordar e se mandar. Logo perceberam que graças a ele a empresa não foi assaltada.

Ganhou elogios e afagos de todos e foi considerado um herói. Neste dia até ganhou da cozinheira um bife mal passado como prêmio.

Foi o suficiente para ser adotado por todos como o fiel guardião da marcenaria, tendo o direito à água, abrigo para dormir. Também, dentro do possível, davam-lhe pedaços de pão, sobras de sanduíche, e colocavam água em uma velha vasilha de alumínio.

Menos mal para um vira-lata. Ele, por sua vez, ficou amigo do dono, além do que, passou a ser um cão de vigia. Tornaram-se bons amigos.

Qualquer barulho ele ficava alerta e dava uma volta pela marcenaria para ver se tudo estava normal.

Para o marceneiro isso era ótimo. Era uma forma de agradecimento pela acolhida. Em princípio, para o ser humano, todo cachorro é em potencial um vigilante.

Vimos que vinha um grupo de pessoas pela calçada e, pelo jeito, nada amistosos, então resolvemos encerrar nossa conversa.

Uma das pessoas bateu os pés no chão com força para assustá-lo e gritou: "Passa seu vira-lata". Andaram e deram muita risada.

Como é triste ser chamado de vira-lata.

Voltei para o meu canto no fundo do quintal, mas pensativo no que tínhamos conversado. Não via a hora de voltarmos a conversar, queria saber mais sobre o mundo além do portão de ferro da casa que morava.

O Tigrão parou outras vezes para bater um papo rápido, pois o movimento da rua e na calçada não permitia uma conversa mais longa.

Finalmente, foi um dia calmo e tranquilo em que o Tigrão parou em frente ao portão da casa e relatou algumas passagens de sua vida de vira-lata.

Contou-me que nasceu em um quintal e logo depois foi descartado, juntamente com sua mãe e seus irmãos, em um saco de lixo em um terreno baldio. Tinha poucas recordações. Sua mãe saiu em busca de comida e não mais voltou.

Nunca soube o que aconteceu com ela. Era uma tristeza que carregava com ele. Mãe é sempre mãe.

Essa é a história da grande maioria dos cachorros vira-latas, pois são sempre iguais, vítimas do descaso, da ignorância, da maldade e também da insensibilidade humana.

Contou que foi se virando como podia, até que criou coragem e saiu pelas ruas em busca de alimento ou uma alma generosa que o adotasse, mas quem iria adotar um filhotinho vira-lata?

Perambulado pela rua, mal e mal conseguia alguma coisa para enganar o estômago. Assim se perdeu de seus irmãos e se tornou um cãozinho sozinho no mundo. Triste, perdido e sem qualquer rumo. Sua sobrevivência só dependia dele.

Desde então conviveu com o abandono, cresceu sozinho e foi tentando superar as dificuldades que surgiam no dia a dia, que eram muitas. Tocava a vida como podia, ficava feliz quando achava algo para comer.

Vez ou outra alguma criança parava para brincar com ele, pois era ainda pequeno, mas logo vinha um adulto e afastava a criança do Tigrão, dizendo que era um vira-lata e poderia transmitir doenças.

Puro preconceito, pois o Tigrão descobriu que os vira-latas são mais resistentes do que os que são tratados com ração e moram em casas com mais conforto. Por viverem na rua, os vira-latas acabam adquirindo mais resistência às doenças. Também me contou como vivia, perambulando pelas ruas durante o dia e voltando só no fim da tarde para a marcenaria.

Quando estava cansado, voltava mais cedo e ficava deitado na sombra debaixo de uma árvore.

Muitas vezes, brigou com outros cachorros por ciúme de uma cachorrinha que vivia nas redondezas, se encontravam, passeavam e assim iam vivendo, sem rumo e sem destino.

A cachorrinha era toda branca e de pelos curtos, segundo ele, muito linda, a chamava de Branquinha. Um dia, soube através de seus amigos, que ela foi atropelada e ficou muito machucada.

Foi levada por um grupo, o qual os humanos chamam de Organização Não Governamental (ONG). Nunca mais teve notícias dela, e ele sentiu muito a sua ausência.

Este grupo cuida de animais perdidos ou que ficam vagando pelas ruas. Tiram da rua, tratam, dão banho, tosam e alimentam.

Após estes cuidados, os colocam para serem adotados por alguma família. O Tigrão tinha certeza de que a Branquinha foi adotada, pois era muito mimosa.

Turma do Tigrão

Minha dona vinha nos ver cada vez menos, e a vizinha também não me dava mais atenção como antes. Estava ficando esquecida das coisas.

Um dia, ela foi trocar a água e colocar ração na minha vasilha. Não sei qual foi o motivo, mas mal entrou no quintal, voltou correndo para a sua casa. Acho que esqueceu alguma panela no fogo. Saiu deixando o portão meio aberto.

9

Minha fuga e o mundo além do portão

Não tive dúvidas, criei coragem e fui para a rua, mas com muito medo, pois tudo era novidade. Daquele dia em diante me tornei um vira-lata, porém um nobre vira-lata, pois tinha um pedigree.

Na rua, todo cachorro perdido torna-se um vira-lata, e ponto final, de nada vale o pedigree.

Ainda bem que eu estava sem a coleira, senão seria facilmente identificado como um cão de raça e que tinha uma casa e um dono.

Vaguei timidamente e por um bom tempo pelas ruas na esperança de encontrar o Tigrão, mas não o encontrava. Cansei e comecei a ficar com fome, então procurei voltar para casa, mas não tinha a mínima noção de onde ficava. Procurei, procurei, procurei e nada.

Fiquei com muito medo e preocupado com a minha sobrevivência em um novo mundo por mim desconhecido. Barulho por todos os lados, muita gente andando pelas calçadas, crianças correndo e gritando e as buzinas dos carros. Fiquei assustado e me senti perdido.

Já estava anoitecendo e pensei: o que fazer? Eu andava encostado nas paredes com medo do desconhecido, até que descobri um terreno onde estavam começando a construir uma casa. Não tinha muro, apenas algumas tábuas cercando o terreno.

Entre as tábuas tinha algumas brechas, e pelo meu tamanho vi que conseguiria passar. Passei sem muito esforço e lá me abriguei, pelo menos para passar a noite. Sentia sede, fome, frio e, o pior de tudo, continuava com medo.

Logo cedo acordei com o barulho dos pedreiros chegando para trabalhar, um deles me viu escondido, se agachou e começou a passar a mão na minha cabeça. Fiquei um pouco mais confortável.

Tirou um pedaço do seu pão com manteiga e me deu. Foi o pedaço mais delicioso que tinha comido, embora fosse pouco, mas já não estava com a barriga vazia. Tomou o café, acabou de comer o seu pão com manteiga, deu um tapinha leve na minha cabeça e foi trabalhar.

Procurei sair de lá o mais rápido possível, pois vi um homem grandão falando bravo com os pedreiros.

Ele me viu de longe andando na construção, pegou uma pedra e atirou gritando: "Cai fora seu vira-lata". Aí foi o meu batismo como vira-lata.

Não era mais o Rex, legitimo Beagle, agora não passava de um mero vira-lata, ou melhor, um nobre vira-lata.

Aos poucos fui tomando coragem para andar pelas ruas, embora sem destino, quem sabe poderia encontrar a minha casa ou o meu amigo Tigrão, o que seria um grande alívio.

Encontrei uma poça de água e não tive dúvida, pois tinha que matar a minha sede. Vi uns sacos de lixo, mas, embora com fome, não tive coragem de rasgar o saco e ver o que tinha para comer.

Mais para frente, encontrei um saco de lixo revirado. Usando o meu faro, procurei sentir o que sobrou. Tinha pouca coisa, mas fechei os olhos e meti o focinho procurando o que dava para comer. Ainda estava pensando naquele pão com manteiga.

Hum! Delícia... Assim foi a minha primeira refeição, por sinal muito ruim.

Continuei andando pelas ruas, sem destino, apenas tentando achar a minha antiga casa, ou no mínimo meu amigo Tigrão.

10

O dia em que me tornei um vira-lata

Um menino estava parado na calçada ao lado de uma carrocinha que vendia, por ironia, cachorro quente; e eu, com a barriga vazia e fria, parei, mas com medo, e fiquei olhando o garoto pegar o sanduíche e dar uma baita mordida.

Comia com gosto o sanduba, e eu com água na boca só de ver o apetite do menino. De repente, ele me viu, acho que ficou com dó em ver a minha cara de piedade e fome, arrancou um pedaço e jogou no chão. Avancei feito um lobo abocanhei o pedaço e engoli quase que de uma só vez. Fiquei esperando mais um pedaço. O garoto sorriu e continuou a comer com satisfação o seu cachorro-quente. Não mais me olhou. Minha alegria durou pouco.

Quando o dono da carrocinha me viu ali parado, me espantou. "Fora seu vira-lata, vai procurar comida em outro lugar." Fez que iria pegar alguma coisa para me atirar. Depressa fui embora e sem destino.

Quando encontrava algum saco de lixo tombado fuçava para ver se tinha algo para matar a fome. Passei perto do açougue, como vi vários cachorros por perto, desisti, fiquei com medo de que me atacassem.

O dia começou a escurecer e vi que tinha que procurar um abrigo, mas onde? Lembrei vagamente do terreno e fui à sua procura, pois já estava me ambientando com a redondeza.

Estava um pouco mais familiarizado com o bairro. Confiava também no meu instinto animal e vi do outro lado da rua a construção da casa, na qual tinha passado a noite anterior.

Decidi, é para lá que eu vou, mas como eu não estava ainda acostumado com a grande movimentação de carros nas ruas, quase fui atropelado.

Só escutei uma buzina estridente, muito forte e o barulho dos pneus no asfalto, devido à brusca freada do carro. Acho que o motorista me xingou de todos os nomes feios que os humanos conhecem.

Foi um susto danado. Saí correndo feito louco, acho que perdi a cor, pois minhas patas tremiam como quatro varas verdes. Meu coração parecia que ia sair pela boca, era uma batedeira sem fim.

Custei a me recompor e a começar a pensar, pois esqueci de que ia para a construção procurar abrigo para, pelo menos, passar mais uma noite, das muitas que ainda teria pela frente.

A construção estava um pouco mais adiante. As tábuas que cercavam o terreno ainda eram as mesmas, portanto vi que ainda tinham alguns vãos para que pudesse passar com folga.

Passei sem muito esforço e lá, mais uma vez, me abriguei para passar a noite. Estava com sede, com fome, com frio. Ainda tinha um pouco de medo, pois minhas aventuras pelas ruas não foram boas.

Dei umas voltas para sondar o terreno e encontrei um balde com água e vi que era limpa, então matei a sede. Encontrei uns restos de comida que os pedreiros tinham deixado e deu para encarar, pois quem tem fome não escolhe o prato.

Encontrei uns panos velhos e puxei para um lugar melhor, para me abrigar, e dormi enrolado neles. Foi um sono gostoso.

Ao clarear o dia, escutei o barulho dos pedreiros chegando. Vi aquele pedreiro, que no dia anterior me deu um pedaço de pão com manteiga.

Tomei coragem e fui chegando mais perto. Sentei sobre as minhas patas e fiquei olhando para o pedreiro, e ele olhando para mim.

Fez um sinal com as mãos, me chamando para mais perto, e disse: "Você de novo por aqui, amigão?

Acho que gostou do lugar, pena que o mestre de obras é bravo e não gosta de animais, senão você poderia ser um bom cãozinho de guarda".

Acariciou a minha cabeça por várias vezes e viu, pela minha cara de choro, que eu estava com fome. Senti que gostava de animais.

Pegou um bom pedaço de pão com manteiga e me deu na boca. Peguei o pedaço e fui comendo devagar para saborear melhor o pão, que estava fresquinho. Deu de comer a quem tinha fome.

Descobri que entre os humanos existem pessoas de bom coração e que generosamente dividem o seu alimento com quem tem fome.

Deu umas tapinhas na minha cabeça dizendo: "Até mais". Levantou da caixa em que estava sentado e foi para o trabalho.

Para não arranjar encrenca com mestre de obras, fui embora antes que ele chegasse e me chutasse para fora.

11

Encontro o Tigrão e as novas lições de vida

Voltei a perambular pelas ruas à procura da minha casa. Após horas de caminhada, ao dobrar uma esquina, não acreditei no que vi, era o Tigrão. Que alívio! Ele estava acompanhado de vários outros amigos e posso dizer que era um bando e ele era o líder. Até que enfim encontrei o meu amigo. Ufa! Que felicidade.

Estava acompanhado de todos os tipos de vira-latas. Ele ficou surpreso ao me ver, vi que seus olhos brilhavam de alegria. Os demais me rodeavam e ficaram me cheirando e desconfiados. O Tigrão me apresentou a todos e acabei me unido ao bando, isto é à matilha.

Por natureza somos carnívoros, isso não tenho dúvida, adoramos uma carninha, mas também somos sociáveis, portanto é mais do que natural que desejamos fazer parte de uma matilha.

Fomos para um terreno baldio, já conhecido por todos. Fizeram mil perguntas sobre a minha vida, mas eu também querida saber da vida deles, também somos muito curiosos.

Descobri que a relação entre nós, os cães, ocorre, na grande maioria das vezes, de modo bem diferente da dos humanos. Por conta disso, muitas vezes nossas atitudes não são compreendidas. Como exemplo, porque nos cheiramos tanto, porque latimos sem motivos, estamos brincando, e de repente, começamos a brigar.

Aos poucos, com a convivência, fui aprendendo a conhecer melhor os meus amigos, através da linguagem corporal, tais como a posição das orelhas, da cauda, dos olhos e do corpo em geral.

Aos poucos fui aprendendo a identificar o estado de ânimo dos meus companheiros vira-latas, tal como a aceitação das brincadeiras, ou quando queriam dominar e conduzir a matilha. Isso só aprendi com a convivência.

Os meus novos amigos, agora faço parte de uma matilha, são organizados, você pode não acreditar, mas é verdade. Aprendi que temos regras definidas e claras, às quais devo obedecer, meu líder sempre vai à frente do grupo.

Primeiramente, usamos o focinho, pois por meio dele, o cheira-cheira, percebemos se está tudo bem ou corremos algum perigo. Com os, olhos observamos tudo o que está ao nosso redor e analisamos todos os movimentos e com as orelhas em pé, por último com os ouvidos.

Com o Tigrão e os meus companheiros aprendi que o latido é uma das formas importante de comunicação. Temos vários tipos de latidos, um latido estridente indica empolgação e alegria. Um latido baixo indica agressão e uma ameaça. Latimos para chamar a atenção, para responder aos latidos de outros colegas, indicamos que estamos felizes e para alertar os humanos para algum problema que está ocorrendo.

Chorando é um truque, que descobrimos, desde cedo, que os nossos donos nos atendem mais rápido e passam a nos dar mais atenção. Essa é uma boa manha. Quando ouvimos os estrondos dos trovões, ou quando soltam rojões e bombinhas nas comemorações, nós, os cães, nos assustamos e choramos de medo. Os nossos donos procuram nos acalmar. Conheci bem esses truques quando morava com minha dona.

Quando nós, os vira-latas, isso mesmo, agora sou um nobre vira-lata, estamos perto de alguém que não se importa com a nossa presença e não nos dá atenção, o choramingo faz efeito. He! He! He!

Quando rosnamos é mais fácil de nos entender, pois é o som mais simples de se entender, tanto para nós, caninos, como também para os humanos.

Significa que vamos atacar, caso não haja o recuo de um semelhante ou de um humano; demarcação de posse entre dois caninos ou proteção. Por se tratar de um sinal de agressividade, os humanos e os caninos não costumam ignorar.

Salva-se quem puder e sebo nas canelas. Nós, independentemente de sermos vira-latas ou não, temos o uivo como outra arma muito poderosa, pois é um som muito familiar e único, que demonstra, também, o alerta, a excitação e a solidão. É usado para chamar a atenção. Quando eu começo a uivar todos os meus colegas da vizinhança também começam a uivar, é tão contagiante. Os humanos ficam irritados e muito bravos. He! He! He! A vida de cachorro é um aprendizado, mas a vida dos humanos também é um aprendizado. Será que eles sabem disso?

12

Tomada de decisão e os meus amigos vira-latas

O Tigrão me levou para o seu abrigo, embaixo da carroceria, pois alí poderia dormir e pelo menos tomar uma água fresca, mas pediu para eu ser bem discreto, sem latir e tentar passar desapercebido do dono da marcenaria e dos funcionários. Assim teria menos problemas.

Perguntou-me se eu queria voltar para minha casa, pois ele conhecia o caminho e só dependeria da minha vontade. Conversamos bastante sobre o assunto e achei que ainda não era a hora de voltar para casa. Tinha a certeza de que continuaria sozinho, triste e solitário.

Assim o tempo foi passando e íamos vivendo dentro do possível, até então nada mal. Pelo menos à noite tinha um abrigo, embora escondido.

Um dia, o Tigrão, todo esbaforido, me procurou para contar uma novidade: duas moças estavam paradas em frente a um poste que ele sempre usava. Que azar, pois não podia usar o poste devido ao cartaz.

No cartaz tinha a minha foto. Uma delas leu em voz alta: "Procura-se um cãozinho Beagle de nome Rex. Oferecemos boa recompensa para quem o encontrar. Entrar em contato através do telefone..."

Assim descobri que minha dona estava me procurando.

Voltamos novamente ao assunto de eu voltar para casa. Não sabia o que decidir. Comentei com o Tigrão se valia a pena voltar para aquela casa e continuar como a mesma vida de antes, ou mudaria? Ele me disse que não saberia responder, pois o futuro é imprevisível.

Calou-se por um bom tempo. Fiquei pensativo, pois eu tinha dúvidas do que seria melhor para mim. Vi que minha vida tinha sido, até então, de rei, e a deles de muita luta para sobreviver. Mas tinham algo precioso que era a liberdade de ir e vir. O nosso instinto fala mais alto, a sobrevivência e a liberdade.

Daqui para frente a minha vida seria igual a deles, sobreviver, a menos que alguém me encontrasse e me levasse para a minha dona.

Passei a ser um cão sem coleira, pois nunca vi um vira-lata com coleira. Ri comigo mesmo. Com o tempo acabei sendo aceito pelo dono da marcenaria, pois viram que eu tinha a aparência diferente de um vira-lata. Infelizmente, os humanos levam em conta as aparências, e não o que se é. Os animais também têm suas diferenças.

Na nossa turma tínhamos duas amigas, a Bolinha e a Princesa. Duas boas criaturas, só que de gênios muito diferentes. A Princesa tinha um porte nobre e elegante. Nunca perguntei a ela de onde veio e o porquê estava na rua como uma vira-lata. Parecia ser de raça.

Não era muito alta, mas suas patas eram finas e seus pelos eram amarelados, claros e curtos.

No meio daquele bando era uma princesa. Tinha muitos fãs, mas ninguém se metia com ela, pois era muito respeitada. Era muito tranquila, calma, reservada e pouco se envolvia em brigas. Procurava apaziguar os ânimos quando existiam diferenças de opiniões entre os amigos. Sempre seguia o Tigrão que era o nosso líder. Mais ouvia do que falava (bem, cão não fala, late). Para nós o latir equivale ao falar dos humanos.

A Bolinha era geniosa e encrenqueira, não levava desaforo para casa (bem, não é bem para casa, pois vira-lata não tem casa). Não guardava desaforos e enfrentava o que viesse pela frente, cães e humanos. Era de porte pequeno, patas curtas, pelos brancos e encaracolados.

Parecia um novelo de lã todo enrolado. Era mandona e latia muito, mas não mordia. Segundo os meus amigos, ela era geniosa.

Rosnava por qualquer coisa que não gostasse e principalmente, quando um humano se aproximava dela. Quando ela rosnava, ninguém ficava perto. Sai de baixo.

Quando ela ficava nervosa para valer, o Tigrão dizia: "Salve-se quem puder! ". O bando se dispersava. Esperava as coisas se acalmarem e voltavam com o rabo entre as pernas. Qua! Qua! Qua!

A Bolinha tinha uma grande qualidade, era leal para com os amigos. Os defendia a todo custo, mesmo se fosse em briga com outros bandos. Não fugia a luta. Era uma guerreira. Dividia com a turma toda a comida que conseguia. Quando via algum cachorro amigo em dificuldade, procurava ajudá-lo. Ficava triste com a tristeza dos amigos.

13

Caçando um gato

Andávamos vagando sem destino, era uma tarde amena e tranquila, quando a Bolinha viu um gato cinza com listras pretas, no outro lado da rua, revirando uma caixa de madeira nas proximidades de uma peixaria. Ela já o conhecia bem, pois o enfrentara algumas vezes e, todas as vezes, ele fugia. Esse felino já era conhecido no pedaço e era muito esperto.

Por ser pequena, ela sempre andava no meio do bando, pois qualquer coisa ela se protegia entre os grandes, mas não fugia a luta, contudo naquela hora a situação era diferente.

O bichano rajado se pelava de medo da Bolinha, e ela se pôs à frente do bando, deixando o Tigrão e todos os demais para trás. Neste instante virou a chefe temporária da matilha, muito à contragosto do Tigrão e dos demais. Ela na frente, comandando o ataque, dizia: "Chegou a hora da onça beber água, vamos pegá-lo".

Começou a atravessar a rua indo firme e determinada em direção ao pobre gato, que, faminto, procurava sua refeição nas caixas com restos de peixes. Também era um vira-lata, muitos não sabem, mas gatos sem donos também são vira-latas e são também chamados de "pelo curto".

Com o tempo descobri que o termo vira-lata para cachorro é diferente do vira-lata para gatos. Bem, isso já é uma outra história, que fica para outra vez, toda via tenho pena de todos os animais abandonados, independentemente de serem cachorros, gatos e outros mais.

Todo gato é muito esperto, além do mais é um felino, e todo felino, além de ser um bom caçador, tem também uma boa noção de tudo que ocorre ao seu redor. O bichano levantou a cabeça e viu a Bolinha na frente, comandando os seus maiores inimigos.

Xi! Lá vem briga.

O gato se encolheu todo, seus pelos ficaram eriçados e o coração do pobre gato disparou, e a única solução era correr até achar um abrigo seguro.

O gato saiu em disparada e, alguns metros à frente, encontrou um muro de tijolos sem revestimento.

Não teve dúvida, com as suas garras afiadas se agarrou aos tijolos e, após alguns impulsos, atingiu o alto do muro. Bolinha e seus amigos não podiam fazer nada, visto que o muro era alto demais para poder pegar o bichano. Sentaram-se na calçada e ficaram olhando o gato no alto do muro.

O gato, por sua vez, olhava para baixo e zombeteiramente pensava: "sou mais esperto e mais ágil do que vocês. Venham me pegar", e saiu, agora mais calmo, andando pelo muro até encontrar o beiral da laje, pular para o telhado e sair pelo outro lado da rua.

Bolinha e toda turma ficaram decepcionados, não foi desta vez que pegaram o gato astuto, mas uma coisa é certa, ele ficou sem a sua melhor refeição do dia, que eram as sobras de peixes.

Fomos embora com o rabo entre as pernas, isto é, entre as patas. Bem, nem todos os cachorros têm rabo. Dependendo, quando nascem, os humanos têm por hábito cortar os seus rabos. Aí fica difícil abanar o rabo e espantar as moscas. Dei risada comigo mesmo, pois me cortaram o rabo quando eu nasci.

Eles estavam ocupando uma boa parte da calçada, até que alguém deu um chute no traseiro de um deles e os pôs a correr. Ainda bem que o chute foi fraco e pegou de raspão em um dos companheiros, pois quem chutou também ficou com medo de ser atacado pela matilha.

Com o tempo fui conhecendo melhor os meus amigos, tinha um cachorro que aparentava ser o mais velho de todos, o cão idoso mostra parte do focinho esbranquiçado e tem os olhos mais caídos, e esta era a sua aparência. Mais ouvia do que falava, isto é, latia, pois cachorro não fala. Ri de mim mesmo. Percebi que tinha grande sabedoria quando latia algo, sempre como conselho ou experiência de vida.

14

A solidariedade entre os humanos e caninos

Várias vezes vi um homem, baixinho e magro, camiseta surrada, bermuda bem gasta e até com rasgos perto do bolso traseiro, puxando uma pesada carroça cheia de papelão, caixas e outras tralhas. Sempre lotada além da capacidade da carroça. Fazia um esforço enorme, não sei como aguentava este tipo de trabalho.

Ao seu lado sempre caminhava um colega nosso, era um cãozinho branco malhado com manchas pretas. Caminhava na mesma toada do seu dono. Quando um parava, o outro parava, um esperava pelo outro.

O que me chamava a atenção é que não tinha coleira ou qualquer cordinha que o prendia ao seu dono. Era totalmente livre. O carroceiro parava, então o nosso colega parava, sentava ao lado da carrocinha e aguardava o dono. Assim que o dono chegava, ele se levantava e começava a caminhada.

Em uma das vezes, vi o carroceiro sentado na calçada comendo um sanduíche, acredito que era o seu almoço. O seu cãozinho estava sentado ao seu lado, e vi que o almoço era divido entre os dois.

O carroceiro levantou-se, pegou uma garrafa com água, encheu uma tigela de plástico azul toda desbotada e deu para o seu companheirinho matar a sede. Afagou a cabeça do cãozinho, levantou-se e foram embora para mais uma jornada de trabalho.

Essa é a verdadeira liberdade que o homem dá ao seu fiel companheiro, na realidade, este homem é que é o fiel companheiro do cãozinho. Não deixa faltar comida, mesmo sendo pouca, não deixa faltar a água necessária à sobrevivência e, além de tudo, lhe dá carinho.

Fiquei emocionado com a cena. Um ser humano dividindo a sua pouca comida com o seu fiel companheiro. Muitas e muitas pessoas que passavam por perto nem se quer notavam o que estava acontecendo.

Após alguns dias, Tigrão, Bolinha e eu andávamos pelas ruas procurando alguma coisa para comer quando vimos um homem deitado debaixo de uma árvore, e ao seu lado estava sentado um cãozinho preto.

Percebemos que o nosso colega estava vigiando o sono do seu dono e zelando pela sua segurança, pois quando chegamos perto ele abriu os olhos e ficou nos olhando muito desconfiado.

Como já comentei anteriormente nestas minhas memórias, o comportamento dos cães é sua linguagem corporal, pois percebemos que o nosso amiguinho não estava para muita conversa. Deu uma rosnadinha, silenciou, mas de olhos muito abertos e orelhas em pé.

O Tigrão, com mais experiência de vida e tranquilidade, perguntou a ele se precisava de ajuda. Mais aliviado disse que não, apenas vigiava o seu dono, que era um mendigo e morador de rua. Estava cansado e resolveu descansar de baixo da árvore. Assim que acordasse, com certeza iria mendigar um prato de comida e água.

Como estava tudo bem, nos colocamos a caminho, mas fiquei triste de ver um humano jogado sem qualquer abrigo, água e comida. Era como se fosse um vira-lata humano.

15

Participando dos festivais de carnes e ossos

O Tigrão e eu tínhamos as melhores refeições do mundo. Os nossos amigos caninos babavam só de escutar a descrição do festival de carnes e ossos, das quais participávamos. Ficávamos tão empanturrados de tanto comer, que até perdíamos a fome por uns dias.

Não sei o porquê, mas os humanos adoram carnes, isto é, churrasco. Tudo serve de motivo para fazerem um belo churrasco e muito bebida.

O interessante é que os humanos dizem que nós, os caninos, somos carnívoros, mas eles são muito mais.

Todas as comemorações têm uma carninha na brasa, é como eles dizem coisas dos humanos.

As churrascadas aconteciam sempre nos finais de semana. O dono da marcenaria fornecia a churrasqueira, o saco de carvão, as bebidas e os pãezinhos; as carnes eram por conta dos funcionários e amigos.

Só o cheirinho da carne assada já me deixava com água na boca, era só esperar o pessoal começar a comer que vinha a nossa parte.

O Tigrão e eu não éramos bobos, ficávamos rodeando as pessoas, principalmente as conhecidas de outros festivais de carnes e ossos.

Tinham até um certo carinho por nós. Era esperar a hora certa e "nhacte", abocanhar os pedaços de carne e ossos que nos jogavam.

Demoravam um pouco, é claro, primeiro a barriga deles, e depois de quase cheias, começavam as nos dar os pedaços que sobravam. Valia a pena. Assavam umas costelinhas de porco, ou às vezes uma baita costela de vaca e até espinhaço de carneiro. Nós é que somos carnívoros, que injustiça.

Devoravam toda a carne até o osso ficar limpo, aí era com a gente. Era o verdadeiro manjar dos deuses. Já viram cachorro não amar um belo osso! Não sei o porquê nós, cães, gostamos tanto de ossos.

Haviam ocasiões que eram tantos ossos que o Tigrão e eu levávamos as escondidas para os nossos amigos que ficavam de fora, pois o dono não os deixava entrar. Ele achava que dois eram mais do que suficiente. Arregalavam os olhos e babavam só de ver os ossos. Não viam a hora de meter os dentões naquela deliciosa refeição.

Por aí pode-se ver que nós, os caninos, nos contentamos com pouco, apenas água, comida e carinho. Precisamos de tão pouco para sermos felizes. Bem diferente dos humanos, que julgam que a felicidade está nas posses e no poder. Pura ostentação.

Outras vezes, escondíamos bons pedaços de ossos em algum buraco para comermos mais tarde, quando tivéssemos fome. Quem guarda tem. Quando eu ficava com a barriga cheia e não aguentava mais ver uma lasca de osso, então ia dormir debaixo da árvore.

O pessoal cantando, falando alto, gritando, e eu não estava nem aí, tirava uma bela soneca, com a barriga cheia e na sombrinha da árvore.

Apagava e roncava...

16

Visitando a antiga casa

Depois de um bom tempo, não sei precisar quanto tempo já tinha passado da minha fuga para a rua, embora nós, caninos, não tenhamos ideia de tempo, apenas os seres humanos é que lidam com tempo. O tempo para os humanos é precioso, tudo é feito em função do tempo. Acredito que somos mais felizes, pois nunca dependemos do tempo e este tem pouca importância na nossa vida.

Já conhecia bem toda a região e algumas vezes passei em frente à casa que morei, mas sempre do outro lado da calçada e em dias em que a rua estava muito movimentada. Nunca tive coragem de parar para lembrar o tempo em que passei naquela casa.

Um dia criei coragem e resolvi dar uma volta para rever minha antiga morada, era um domingo ensolarado, céu todo azul e sem qualquer nuvem.

As ruas estavam vazias e calmas. Primeiro parei em frente e do outro lado da rua, fiquei olhando... Vi uma grande placa pregada na parede e outra igual amarrada no grande portão de ferro. Eram placas anunciando a venda da casa.

Por que será que colocaram a casa à venda? Não tinha a menor ideia.

Criei coragem e atravessei a rua para ver de perto minha antiga casa, onde minha vida teve início. Senti uma sensação de vazio.

As grades de ferro que eram pintadas de cinza grafite estavam enegrecidas pela poluição e pelo tempo sem pintura. O portão social também estava em péssimo estado. Andei um pouco e parei em frete ao portão maior de ferro, que é constituído por duas partes, sendo que uma estava pendente e permitia a passagem de pequenos animais, como eu. As duas partes que estavam péssimas condições, estavam pressas por uma grossa corrente e um grande cadeado, não tinham mais a fechadura e as travas.

Examinei bem a passagem entre as duas partes do portão maior e me atrevi a entrar. Meu coração disparou, não sei se de emoção, de saudades ou de medo. Não sei dizer.

O piso do quintal de caquinhos cerâmicos vermelho estava muito encardido, há muito não era lavado. Aquele vermelho vivo não existia mais. Restou apenas as lembranças das corridas naquele quintal.

O quadrilátero gramado tornou-se um matagal, com muitas ervas daninhas cresceram devido as chuvas e á terra, que era fértil. As roseiras estavam totalmente secas e sem vida.

O quartinho do fundo tinha um dos vidros quebrado, outros trincados, e estavam empoeirados e com teias de aranha. A pintura da porta estava toda descascada e a maçaneta da porta quebrada.

Minha casinha de madeira estava totalmente detonada, partes despregadas e os pregos todos enferrujados. Estava sem a cobertura.

Senti uma tristeza imensa, a senhora idosa zelava pela casa como se fosse um palácio real. Era muito caprichosa, paredes sempre pintadas, jardim sempre cuidado, as plantas e vasos impecáveis. As roseiras sempre florida com muitas rosas. A sala sempre muito limpa e bem arrumada, a cozinha impecável e móveis lustrosos.

Ela tinha um apego muito grande por tudo aquilo que ali estava, mas agora não restava mais nada daquele antigo brilho, tudo indica que morreu e deixou tudo, não levou nada daquilo que ela mais amava, eram coisas materiais.

Olhando ao meu redor me perguntava o que teria acontecido comigo se não tivesse fugido? Por onde eu estaria agora? Onde e como está a minha jovem dona? Depois que ela andou me procurando com os cartazes o que aconteceu? Tudo é um grande mistério.

Fui embora triste e nunca mais voltei ao meu primeiro e antigo lar.

17

Mudança radical na minha vida

A vida foi seguindo com altos e baixos, mas eu sempre estava pensando na minha ex-dona, a senhora idosa, a casa totalmente abandonada… Sentia uma grande tristeza, pois de certa forma foram boas pessoas, sempre me trataram bem, apesar dos contratempos em que a jovem tinha, entre trabalhar, cuidar do marido, do apartamento e da mãe idosa. Era uma carga muito grande e que nem sempre os humanos reconhecem. Tenho uma enorme gratidão por ela, a gratidão é uma nobre virtude que muitos humanos desconhecem.

Enfim a vida continua, os desafios continuam, e não são poucos, temos que tocar em frente.

Vejo por mim, cada dia é um novo dia e um novo desafio para sobreviver, pois sou livre e essa minha liberdade de cachorro me obriga a todos os dias procurar o que comer, me abrigar da chuva e do frio. Não posso me queixar, tenho bons amigos na minha matilha, um lugar para dormir, devido à generosidade do marceneiro e do Tigrão. Tenho colegas em piores condições que mal sobrevivem, muitos deles poderiam estar em condições melhores se os humanos fossem mais generosos com a Natureza e com os animais.

Nós, animais, só atacamos, ou brigamos, ou matamos para a nossa sobrevivência, é um instinto natural que adquirimos ao nascer e fica para a vida toda. Os humanos também têm o instinto de sobrevivência, mas aos poucos vão adquirindo inteligência, e os instintos de sobrevivência vão diminuindo. A inteligência pode ser usada para o bem ou para o mal, é aí que é a questão, a livre escolha.

Nós, animais, não temos a livre escolha e somos reflexo de como somos criados ou tratados. Vale a pena pensar nisso.

Um belo dia, estava sozinho perambulando pelas calçadas, as quais conhecia bem, ao atravessar a rua me distraí e fui atropelado por um carro, o motorista me viu e não desviou. Por alguns minutos fiquei atordoado e sem noção do que tinha ocorrido. Nunca imaginei que um dia seria atropelado por um carro, embora já tenha visto vários colegas caninos serem atropelados. Era muito triste.

Nesta hora, o meu instinto de sobrevivência não funcionou, apesar do meu olfato e audição serem bem desenvolvidos.

Fiquei muito machucado e não tinha condições de andar. Várias pessoas vieram me socorrer e ficaram agachadas ao meu lado me confortando, passando a mão na minha cabeça e orelhas. Ainda existem seres humanos maravilhosos e cheios de amor. Os que viram ficaram revoltados com o motorista, que nem se quer parou. Uns comentaram que foi bem feito..., mas que maldade! Diziam que lugar de cachorro é em casa e não na rua. Também existem aquelas pessoas sem um sentimento de amor ou solidariedade, quem sabe um dia aprenderão.

Uma jovem me pegou nos braços, me examinou e me confortou, pegou o celular e ligou para alguém. Depois de um tempo, chegou uma outra moça, também muito carinhosa, conversaram sobre as minhas condições físicas e, com calma, me examinou e me colocou em um carro para transporte de cães.

Fui levado para uma sala e me colocaram em cima de uma mesa. Um jovem, que identifiquei como sendo veterinário, pois usava um avental branco impecável, igual ao que vi quando me levavam para tomar as vacinas e as consultas. A sala para consulta tinha a mesma aparência, muito organizada, as paredes pintadas de verde bem clarinho davam uma sensação de bem-estar, muito limpa e bem iluminada. Isso me deixava mais tranquilo, pois estava sendo bem cuidado.

O veterinário era muito carinhoso e brincalhão. Duas jovens, meus anjos da guarda, estavam de pé ao seu lado. Uma era a ajudante do veterinário, parecia ser estagiária, pois ele, à medida em que me examinava explicava para ela os procedimentos médicos veterinários.

A outra jovem que me trouxe para a clínica estava em pé ao lado do veterinário e escutava com atenção ao que ele dizia. Para ela também era um aprendizado prático.

Depois de me examinar, me fez engolir goela abaixo um remédio e aplicou uma injeção, fechei os olhos para não ver. Até parece que cachorro fecha os olhos para não ver. He!He!He! Pediu para me darem um banho e cortarem minhas unhas.

Que banho! Nossa! Fazia um tempão que não tomava um banhão delicioso e perfumado. Relaxei. Que delícia! Até esqueci que fui atropelado e estava machucado. Tem males que vêm para o bem. Eu estava de bom humor, também pudera, com tanta atenção e carinho, e rodeado por duas "anjas". He!He!He!

Após o banho, me colocaram uma tala na minha pata esquerda traseira e me deixaram deitado em um colchãozinho de algodão, que por sinal era confortável e limpo. Lá era tudo limpo e bem arrumado.

18

As ONGs e a qualidade de vida dos animais

Ouvi o veterinário dizer para as jovens que eu era um cachorro de raça e não um vira-lata do tipo SRD (*sem raça definida*). Eu era da raça Beagle, e então comentaram que a minha adoção poderia ser mais rápida, além de que eu era saudável e bem espertinho.

Ele comentou que iria me examinar para saber aproximadamente a minha idade. Abriu minha boca e examinou os dentes, comentou que tinham algumas pequenas placas, mas eram normais. Vários dentes levemente amarelados e com pouco desgaste. Examinou a minha gengiva que estava levemente avermelhada, apalpou meus ossos e as articulações das patas, menos a machucada, examinou minhas vistas para ver se não estavam opacas, examinou meu pescoço e os pelos. Comentou que a elasticidade de minha pele era boa.

Por uns instantes ficou calado e pensando, até que deu o veredicto final, comentou que eu tinha aproximadamente cinco anos.

Passou a mão sobre minha cabeça por várias vezes e sorrindo me disse: " bicho, você tem muitos anos ainda pela frente". Por tanto a minha saúde era perfeita, apesar da minha vida errante. Nada mal!

Hoje não se diz mais "vira-lata", e sim "sem raça definida", ou SRD, colegas que por infelicidade foram abandonados e sem um lar.

Vi muito cães, os quais eram de várias espécies: pelos curtos, outros cumpridos, brancos, pretos, marrons e também alguns com pelagem manchadas, brancas e marrons.

Alguns novos, outros já com idade avançada, alguns com deficiência física. A grande maioria eram vira-latas, ou melhor SRD.

Eram todos bem tratados, sem qualquer distinção.

Meus novos amigos, que lá estavam abrigados temporariamente, me disseram que ali era uma Organização não governamental (ONG) encarregada de cuidar e doar os animais recolhidos das ruas ou de donos incapazes de fornecer os cuidados necessários aos animais.

Por incrível que pareça, muitas pessoas compram filhotinhos em pets shops, ou direto de criadores, levam para casa e em pouco tempo descobrem que aquele animalzinho não é o que queriam, ou não é o que esperavam, compram apenas para ter uma companhia e descobrem que têm que cuidar do mesmo com muita atenção e carinho, veterinário, vacinas e passeios...

Uns compram e deixam os meus colegas muitas horas sozinhos sem qualquer atenção, e então procuram doar para alguém conhecido, ou para alguma ONG, ou pior ainda, os abandonam na rua sem qualquer sentimento de amor ou afeto.

Este é o pior caso possível, convivi por um tempo com um colega da raça Basset, o apelido dele era Salsichinha, não preciso dizer o porquê, era tranquilo e tinha um temperamento muito calmo. Ele adorava farejar e seguir rastros, mas também babava muito. Foi comprado e, depois de um tempo, o seu dono, sem qualquer sentimento, em uma noite, o deixou em uma rua deserta. Ficou perdido e tornou-se um SRD (sem raça definida). Juntou-se a nossa matilha e, depois de um tempo, nunca mais o vi.

Ninguém da matilha soube dizer o que aconteceu com o nosso querido amigo Salsichinha. Como eu, tornou-se um nobre cachorro vira-lata, ou melhor, politicamente correto, um cachorro sem raça definida SRD.

19

Reflexões e dúvidas sobre a minha vida futura

Comecei a rememorar tudo o que eu tinha vivido. Desde que nasci não tive família, fui morar em uma boa casa, depois fui morar em um apartamento pequeno, sofri por solidão, voltei para a casa e nada mudou. Fugi e virei um vira-lata, ou um SRD (sem raça definida), até descobrirem que eu era um Beagle.

Fui recolhido por voluntários desta ONG. Ficarei temporariamente por aqui até aparecer alguém que me adote. Com todos os cuidados recebidos e com a boa alimentação, me recuperei rapidamente, mas comecei a ficar preocupado com a adoção.

Com certeza terei um novo lar. Será que começará tudo de novo? Quem me adotará? Vou morar em uma casa ou em um apartamento? Quem serão meus donos? Crianças, jovens, casal de meia idade?

O que virá pela frente? Será que voltarei a sofrer de solidão? Tudo é um mistério. Isso estava me incomodando.

Tive duas vidas distintas, uma com pouca liberdade, pois meu mundo não passava do portão da casa. Estava abrigado do calor, do frio, da chuva, e à noite, dormia na minha casinha. Tinha uma boa alimentação, boas condições de higiene, consultas com veterinário e, às vezes, dava umas voltas pelo parque com minha dona, mas era só, pois sofria de solidão. Tinha do bom e do melhor, mas não tinha amigos.

Ocorreu uma mudança radical, descobri e vivi no mundo dos humanos, o mundo real. Tinha que sobreviver buscando abrigo, comida, água, dependendo da bondade de algumas pessoas que não tivessem preconceitos com vira-latas, não tinha veterinário para tratar da minha saúde, mas fiquei mais resistente e saudável. Raras vezes fiquei doente. Vivia na companhia de vários amigos caninos.

Ouvia a história de cada um, tinham os momentos alegres de furar um saco de lixo e xeretar para ver o que tinha de bom para comer, correr atrás dos gatos que se atreviam a cruzar os nossos caminhos. Roubar um pedacinho de carne que caía do balcão do açougue e ter que correr do açougueiro, aí era sebo nas canelas.

Por instinto de defesa, rosnava e latia para estranhos ou algum humano que fosse me atacar. Tentei abocanhar uma tira de linguiça que estava na cesta de uma senhora idosa, mas isso foi vergonhoso, me arrependi.

Tinha a solidariedade dos meus companheiros e a bondade do dono da marcenaria, que também me abrigou. Enfim, tinha uma liberdade total de ir e vir, não precisava ficar bajulando ninguém para ser agradável. Quem me fazia carinho, eu retribuía com lambidas e agrados, e não era falso.

Algumas pessoas ficavam penalizadas com a carinha de dó que eu fazia e sempre me arranjavam algo para comer. Todos os dias eu tinha novos desafios e não sabia o que viria pela frente, mas uma coisa eu tinha certeza, que eu precisava continuar batalhando para viver.

20

Perguntas sem respostas

Nas minhas memórias de um nobre cachorro vira-lata, lembrei de toda turma, com a qual partilhei uma parte da minha vida canina.

Era como um filme da minha vida passando em uma grande tela.

Deixei a imaginação correr solta.

Como estão: Tigrão, Bolinha, Princesa, Velhinho e os demais?

Será que sabem o que aconteceu comigo?

Será que sentem saudades deste nobre cachorro vira-lata? Entre as minhas duas experiências de vida, qual delas foi a melhor?

Qual será o meu novo nome? Será que voltarei a usar coleira? Onde irei morar?

Não tenho as respostas para estas perguntas.

Estou no aguardo da adoção e de uma nova experiência de vida. Não sei como será.

Lembrando que ninguém nunca mais me chamou de Rex e nunca mais me colocaram uma coleira.

Por enquanto me chamo Rex e ainda sou um nobre Cachorro vira-lata.

21

Minhas reflexões

Ajude-me a responder as perguntas.

Caro amigo leitor, segundo a sua opinião, responda as perguntas abaixo.

Meu amigo, com toda a certeza, você tem todas as respostas para as minhas perguntas.

Por favor, imaginem e respondam.

Vamos conhecer o que você pensa sobre a minha vida de cachorro.

1. Como estão os meus amigos, Tigrão, Bolinha, Princesa, Velhinho e os demais?

____

____

2. Será que sabem o que aconteceu comigo? Qual é a sua opinião?

____

____

3. Será que sentem saudades deste amigo?

____

____

4. Entre as minhas duas experiências de vida, uma quando eu fui comprado e morava com minha dona, e a segunda quando fugi e fui viver como um vira-lata, qual delas foi a melhor? Por quê?

____

____

5. Qual o nome que você escolheria se você me adotasse?

____

____

6. Será que voltarei a usar coleira? O que você acha?

____

____

7. Onde irei morar? Qual é a sua opinião?

____

____

8. Dos meus amigos: Tigrão, Bolinha, Princesa e Velhinho, qual deles é o seu preferido? Por quê?

____

____

Seu sempre fiel amigo Rex.

Caro leitor, fazemos algumas perguntas relativas ao futuro do nosso amigo Rex, e deixamos algumas linhas para você responder.

Cada um tem a sua resposta, como se adivinhasse o futuro do Rex através de uma bola de cristal e nós ficaríamos felizes em receber as suas respostas.

Criamos um e-mail, para que você possa responder as perguntas formuladas.

Com este e-mail, queremos criar uma interatividades entre os leitores e o Autor.

Escreva para o e-mail: **sergio.rex@gmail.com;**

Fico feliz e no aguardo de suas respostas.

22

Teste os seus conhecimentos

Apresentamos dez raças, identifique cada uma.

Na coluna da esquerda você tem os nomes das raças em ordem alfabética.

Na coluna da direita você tem quadriculados que devem ser preenchidos com os números correspondentes as raças, segundo o seu conhecimento.

Vamos ver como estão os seus conhecimentos?

Boiadeiro Australiano: Raça muito ativa, ótimos pastores de gado.	
Border Collier: É a raça mais inteligente do mundo.	
Dobermann: Raça extremamente leal e corajosa.	
Golden Retriever: Raça muito popular, são carinhosos e leais.	
Labrador Retriever: É paciente e carinhoso. Gosta de trabalhar.	
Pastor Alemão: São corajosos, inteligentes e têm instinto protetor.	
Pastor de Shetland: Adora companhia humana e é carinhoso.	
Poodle: Raça fácil de treinar. Adoram pessoas.	
Rottweiler: Raça muito corajosa e protetora. Ótimos cães de guarda.	
Spaniel Anão Continental: É uma raça possessiva e agressiva.	

Bibliografia

Marques, Letícia Yumi/Zapater, Tiago Cardoso Vaitekunas. **Tutela dos Animais no Direito Ambiental e no Direito Animal**, 1ª Edição, Letras Jurídicas Editora, São Paulo, SP.

Figueiredo, Guilherme José Purvin. **Direito Ambinta e Proteção dos Animais.** 1ª Edição, Letras Jurídicas, São Paulo, SP.

Sites consultados:
http://tudosobrecachorros.com.br
http://canaldopet.ig.com.br

Considerações do Autor

A proteção dos animais, além de ser uma necessidade imperiosa, atualmente está regulamentada por leis mais rígidas, pois temos literatura apropriada e aprofunda sobre o assunto, "Direito Ambiental e Proteção dos Animais". Fica claro que nós seres humanos temos obrigação não só de cumprir as leis, mas também de acompanhar os desvios de conduta relativos a proteção dos animais.

Neste livro, além dos aspectos humanitários em relação aos cães, levamos em consideração os cães comprados em pet shops que levam à risca a integridade dos animais comercializados, as necessidadese os cuidados médicos dos veterinários e das clinicas especializadas, das indústrias farmacêuticas na produção de vacinas, dos fabricantes de rações apropriadas de acordo com cada raça e suas necessidades alimentares, produtos apropriados para o conforto dos animais, a importância e os trabalhos desenvolvidos pelas ONGs.

Portanto temos uma cadeia de produtos e serviços apropriados para assegurar a proteção física e a saúde dos animais.

Atualmente no mundo globalizado as parcerias tornam-se importantes, pois as partes compõem o todo.

Agradecemos aos nossos parceiros na publicação deste livro, estas parceriassãoimportantes para divulgar a importância de cada um no contexto da proteção animal.

Empresas parceiras:

1. Clínicas veterinárias;

2. Fabricantes ou distribuidores de ração;

3. Laboratório de vacinas para animais;

4. Pets shop;

5. Fabricantes de brinquedos e produtos apropriados para o bem estar dos animais.

6. Fabricantes de produtos de higiene e limpeza para animais.